Margot l'escargot		Barnabé le scarabée		Huguette la guêpe		
	Mireille l'abeille		César le lézard		Luce la puce	
Léonard le têtard		Merlin le merle		Oscar le cafard		Lorette la pâquerette
	Luna la petite ourse		Camille la chenille		Solange la mésange	
Cyprien le chien		Adrien le lapin		Loulou le pou		Prosper le hamster
	Grace la limace		Ursule la libellule		Gabriel le lutin de Noël	
Benjamin le Père Noël du jardin		Georges le rouge-gorge		Lulu la tortue		Théo le mulot

Gallimard Jeunesse/Giboulées
Sous la direction de Colline Faure-Poirée
et Hélène Quinquin
Direction artistique : Syndo Tidori

© Gallimard Jeunesse, 1995
© Gallimard Jeunesse 2016 pour la nouvelle édition
ISBN : 978-2-07-507427-8
Premier dépôt légal : mars 1995
Dépôt légal : octobre 2016
Numéro d'édition : 306188
Loi n° 49956 du 16 juillet 1949 sur
les publications destinées à la jeunesse
Imprimé en France par Pollina - L77118A

Les drôles de petites bêtes

Margot l'escargot

Antoon Krings
Gallimard Jeunesse Giboulées

La famille escargot habitait depuis bien longtemps ce vieux jardin. Les herbes poussaient librement et l'endroit était assez humide pour eux. Quand la pluie tombait à grosses gouttes sur les feuilles des arbres, ils sortaient de leur coquille pour faire un petit tour, mais ils n'allaient jamais bien loin.

Souvent, Margot se demandait jusqu'où s'étendait le jardin et ce qu'il y avait au-delà. À cette question embarrassante, son père lui répondait qu'il n'y avait rien au-delà et sa mère ajoutait que nulle part ailleurs on ne pouvait être mieux. Il est vrai que ses parents n'étaient pas de grands voyageurs.

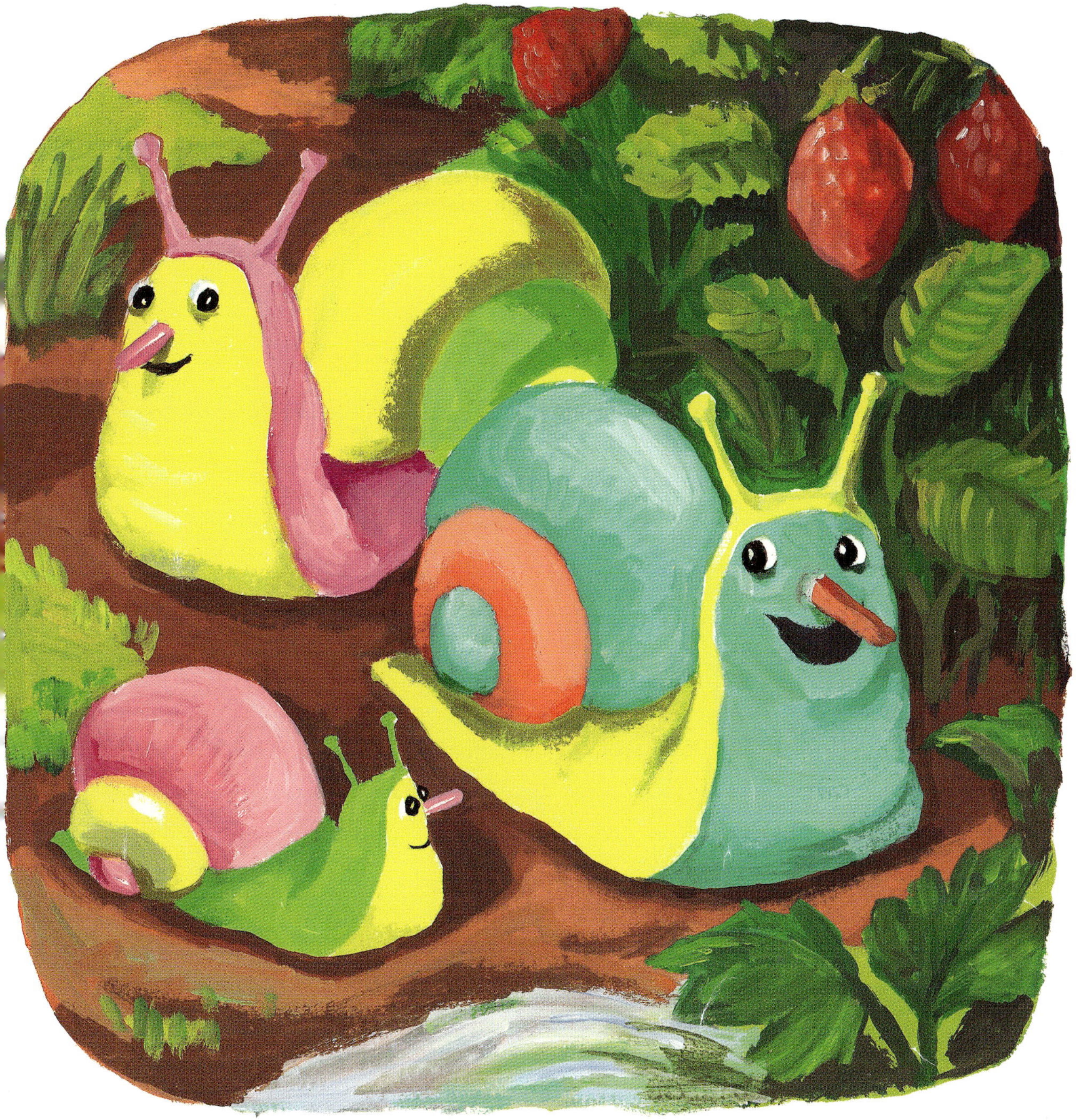

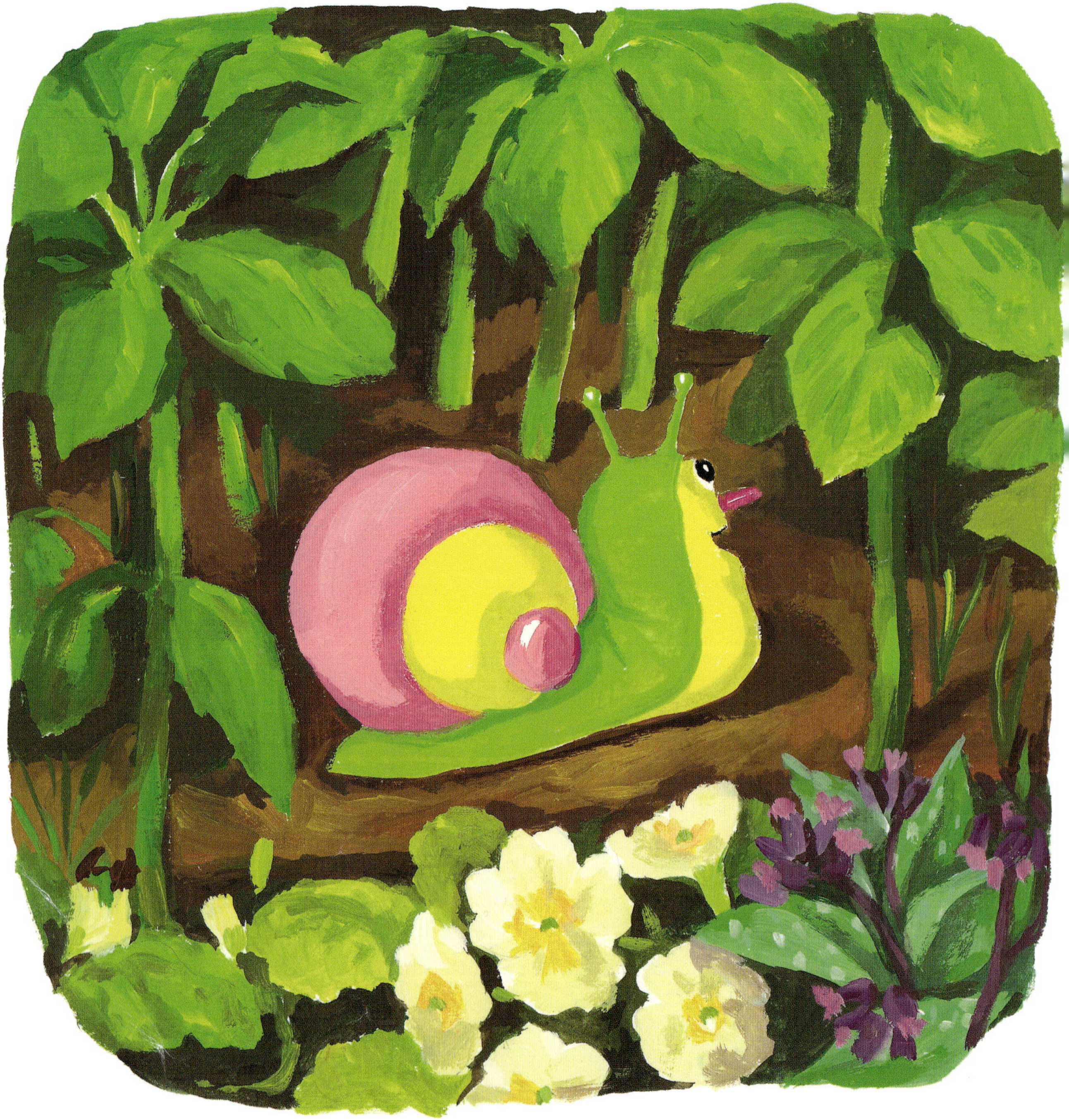

Sa curiosité se faisant plus pressante, Margot décida un beau jour de courir le monde. Elle embrassa ses parents, salua ses voisins les petits-gris et s'en alla en agitant ses cornes. « N'est-ce pas merveilleux d'aller où bon vous semble quand on porte sa propre maison sur le dos ! » pensait-elle en rampant joyeusement entre les tiges serrées.

« J'aimerais vivre ainsi toute ma vie
sans jamais poser ma coquille. » Mais
Margot avançait tellement lentement
et sa maisonnette était si lourde
à porter qu'au bout de deux longs mois
de voyage, elle n'avait toujours pas atteint
le fond du jardin, ce qui n'était pas,
vous en conviendrez, le bout du monde.

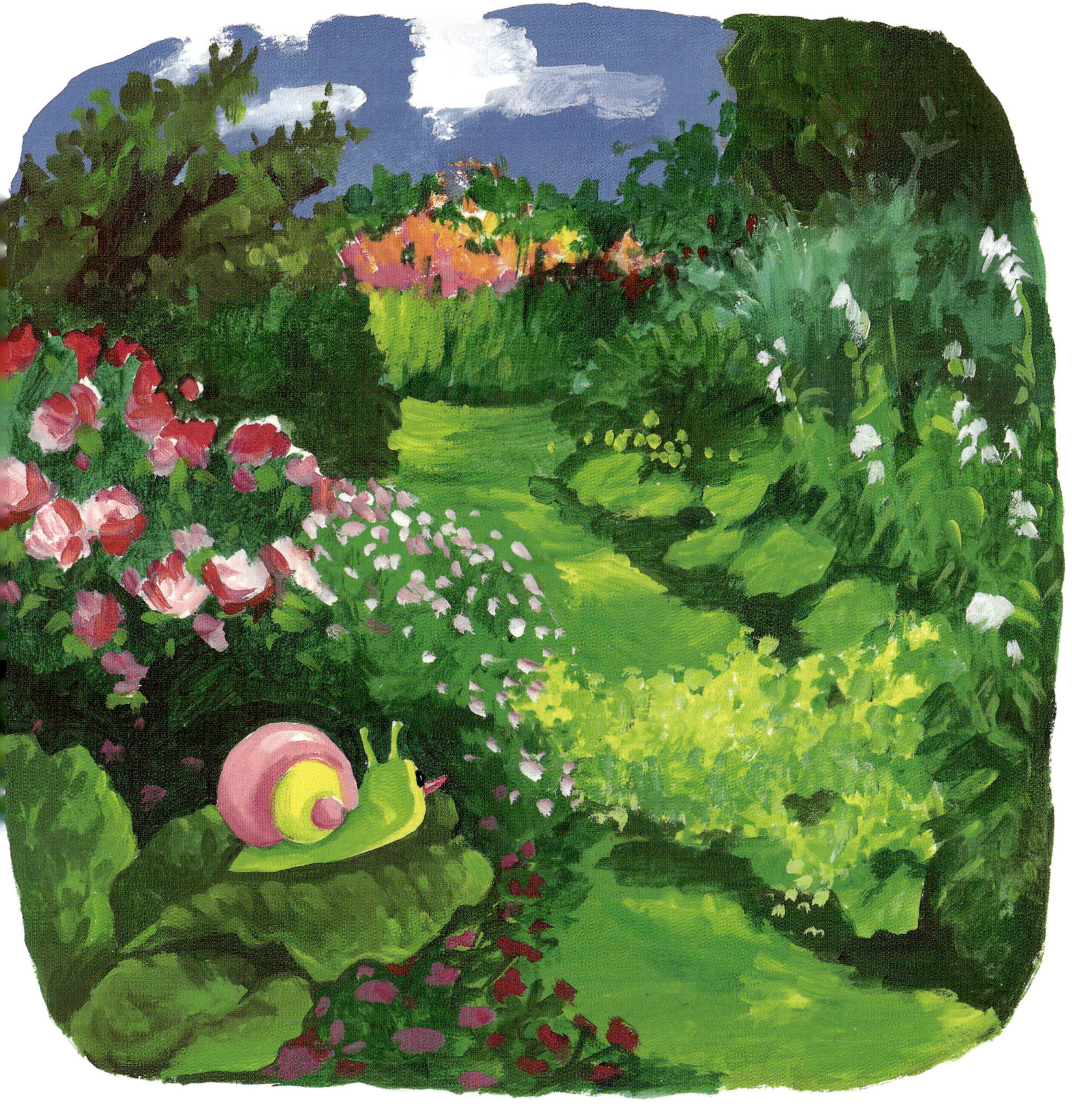

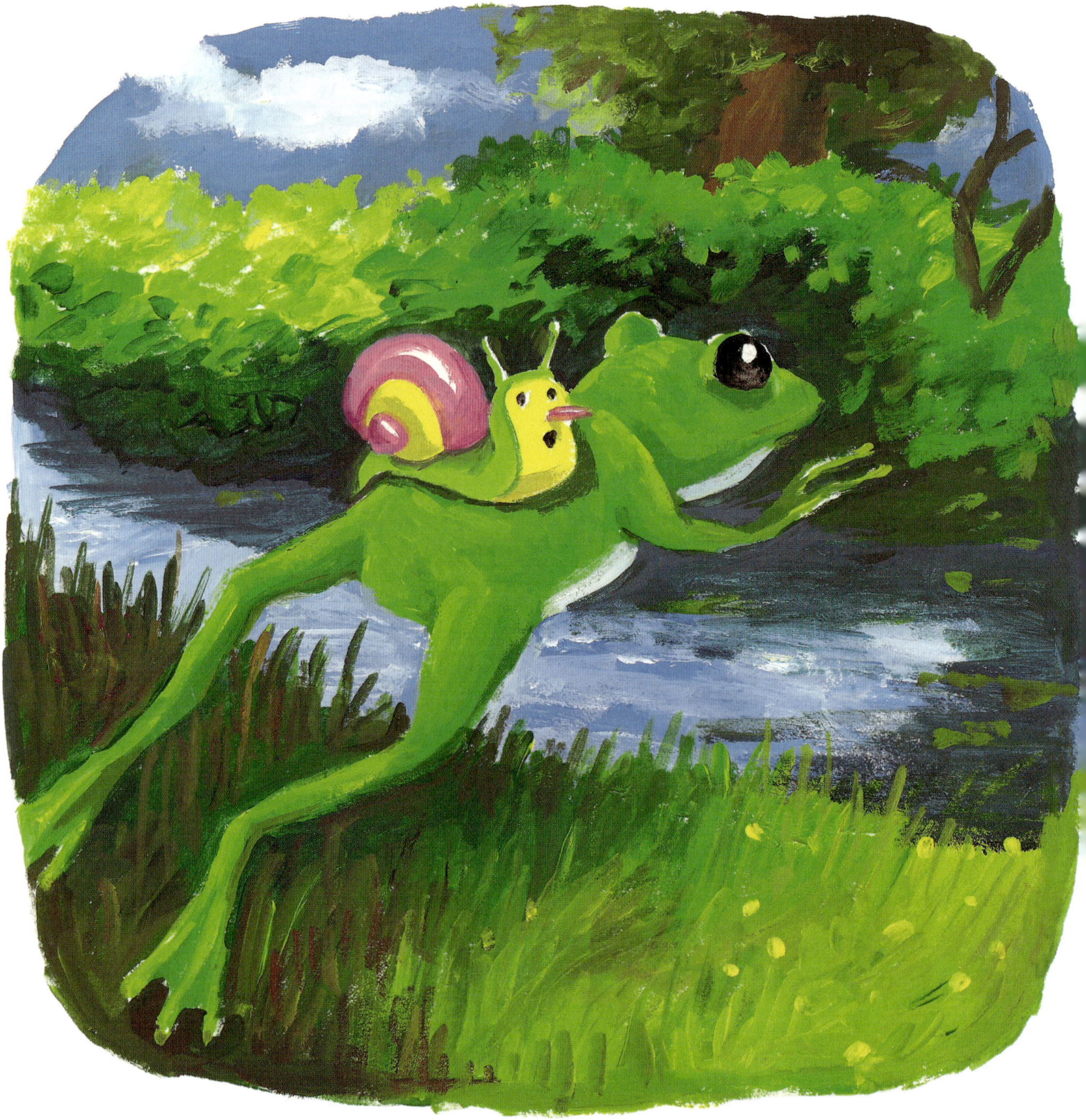

« Ah ! Si seulement j'avais des ailes comme les hirondelles, ou bien des pattes comme les sauterelles ! » soupirait-elle tristement, quand, soudain, la feuille sur laquelle elle était assise fit des bonds par-dessus les herbes. Cette feuille bondissante était en fait une grenouille rainette qui voulait prendre un bain dans le ruisseau.

Les escargots aiment peut-être
qu'il tombe de l'eau, mais ils détestent
tomber à l'eau. Trop tard ! Cela fit
« plouf ! » lorsque la rainette plongea
la tête la première dans le ruisseau.
« Au secours ! Au secours ! » cria
Margot. Personne ne vint à son
secours, pas même la grenouille
qui avait disparu.

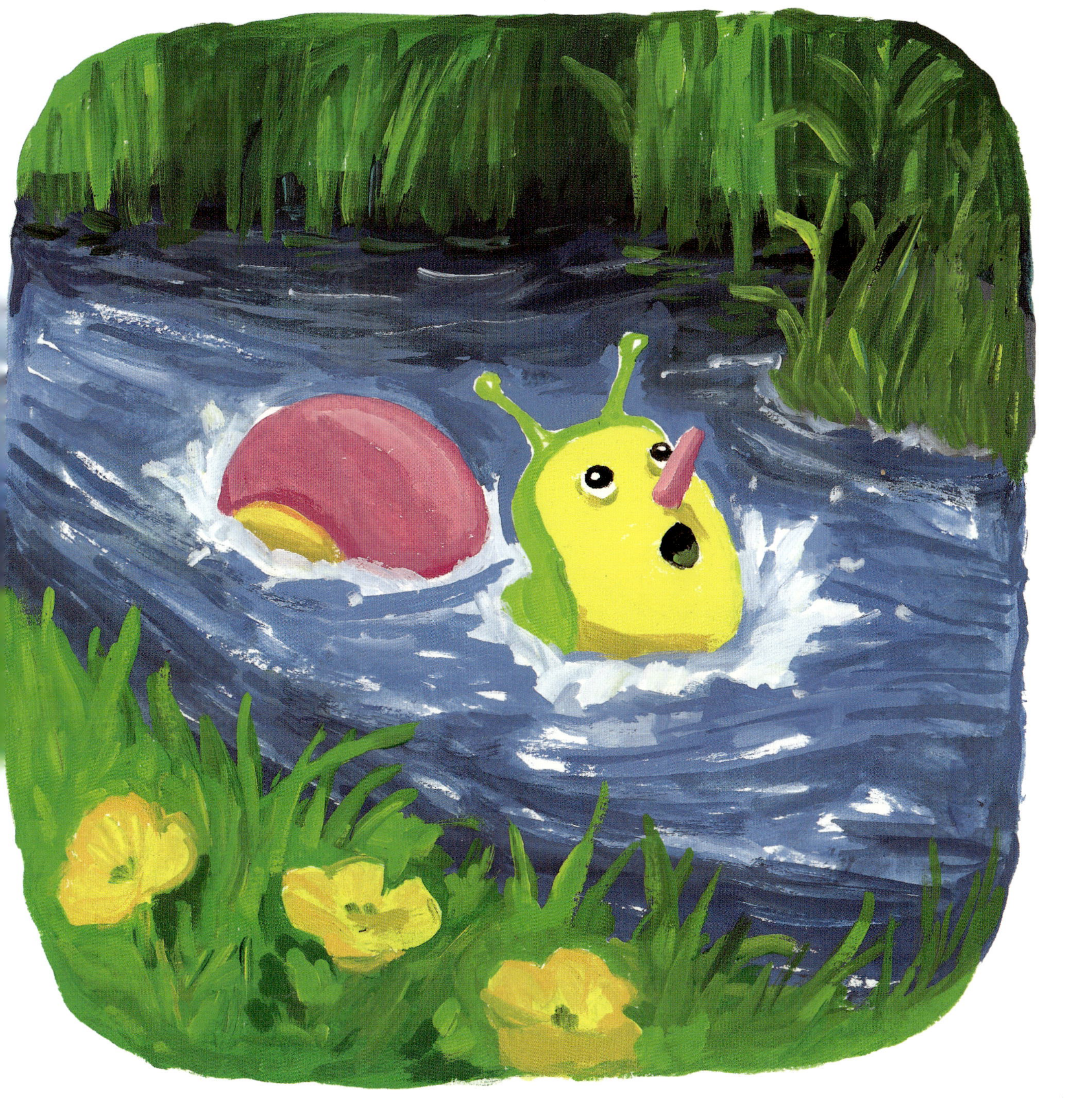

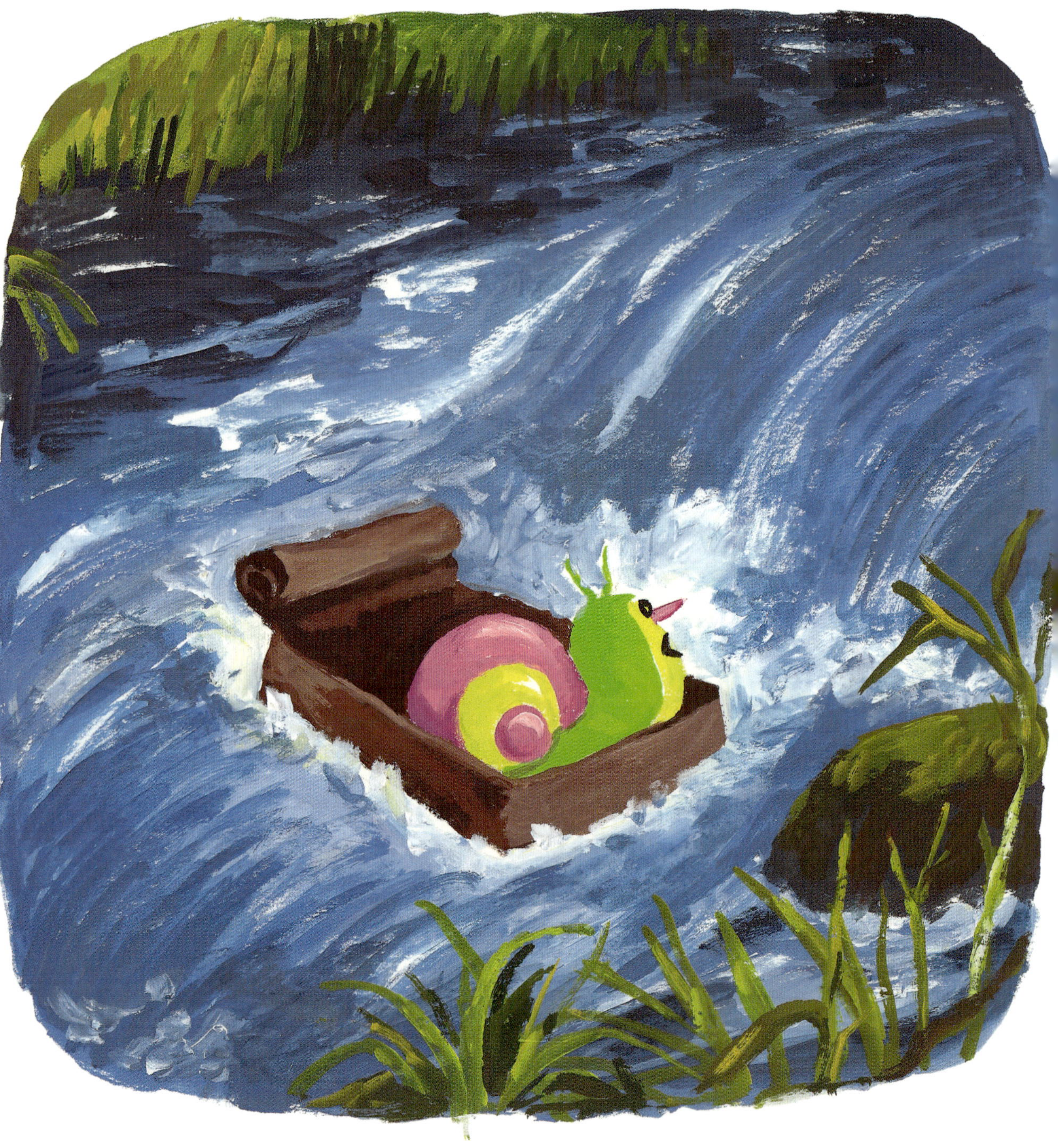

Margot parvint quand même
à s'agripper à une sorte de bateau
un peu rouillé. C'était une vieille boîte
de conserve qui sentait la sardine,
montait, descendait et tournoyait
sur elle-même à faire trembler notre
petit escargot.

Le courant était de plus en plus fort.
Le ruisseau devint une rivière qui
se jeta dans un fleuve. À son tour,
le fleuve se jeta dans la mer et tout ça
en moins de temps qu'il n'avait fallu
à Margot pour traverser le jardin.

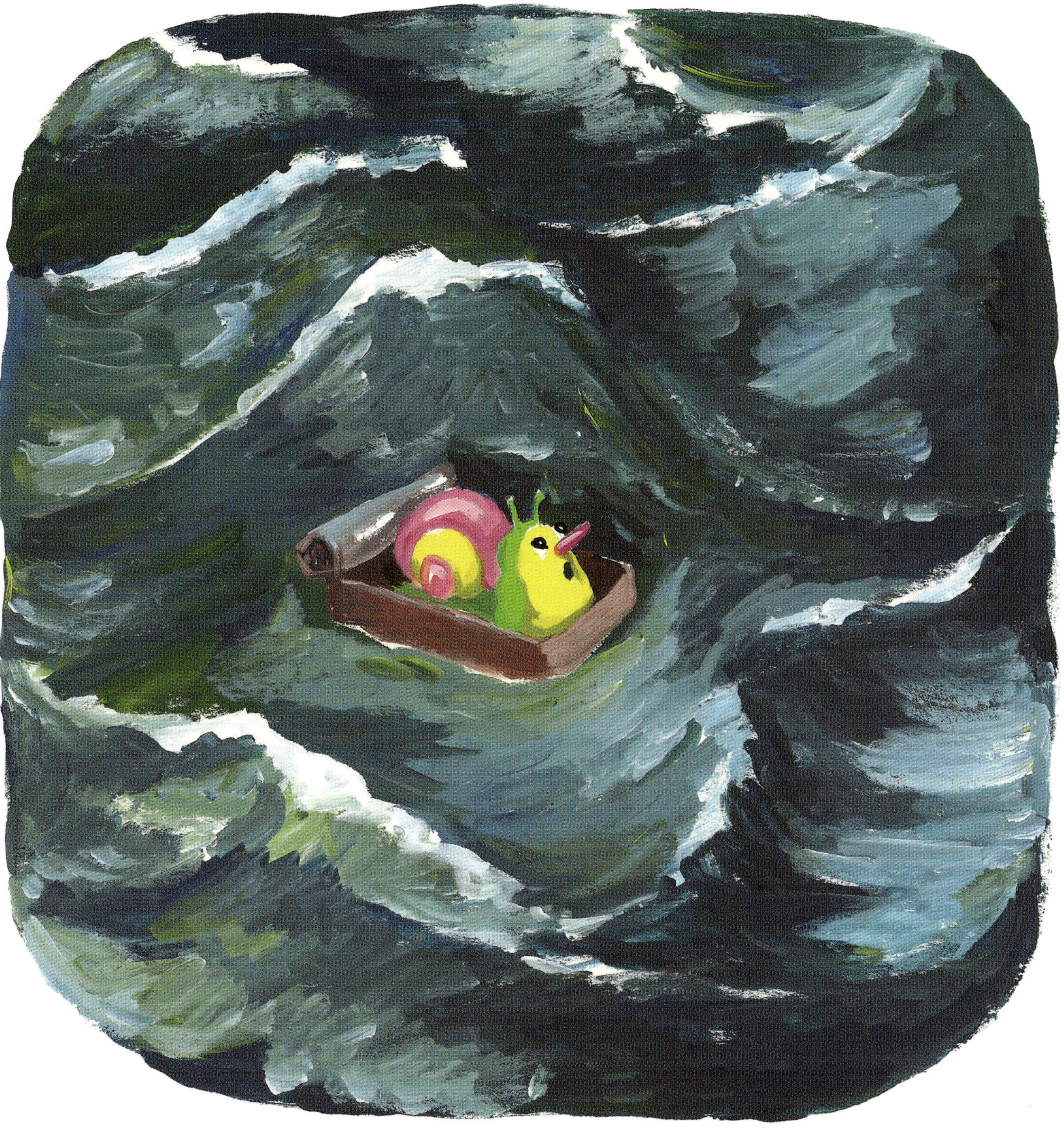

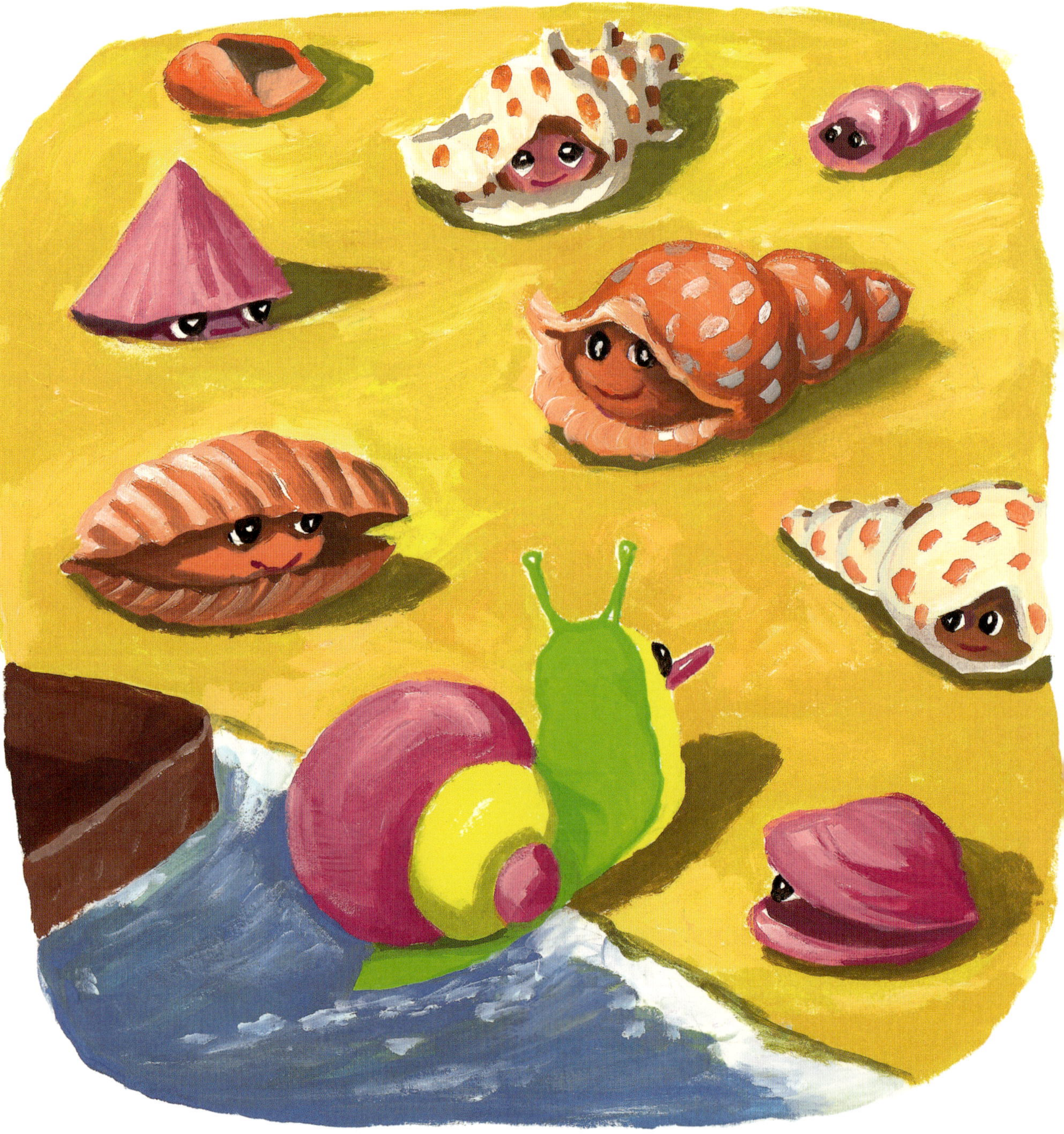

Après un long voyage, la boîte
de sardines s'échoua sur une plage
où vivaient paisiblement de merveilleux
coquillages. Quelle ne fut pas leur
surprise lorsqu'ils virent Margot !

D'où pouvait-elle bien venir ?
Ils s'approchèrent d'elle pour le lui
demander. Margot raconta son voyage
et vécut ainsi quelque temps auprès
de ses lointains cousins. Elle apprit
à nager, à manger des algues, à boire
des tasses d'eau de mer… Enfin toutes
sortes de choses que n'ont pas l'habitude
de vivre les escargots de jardin.

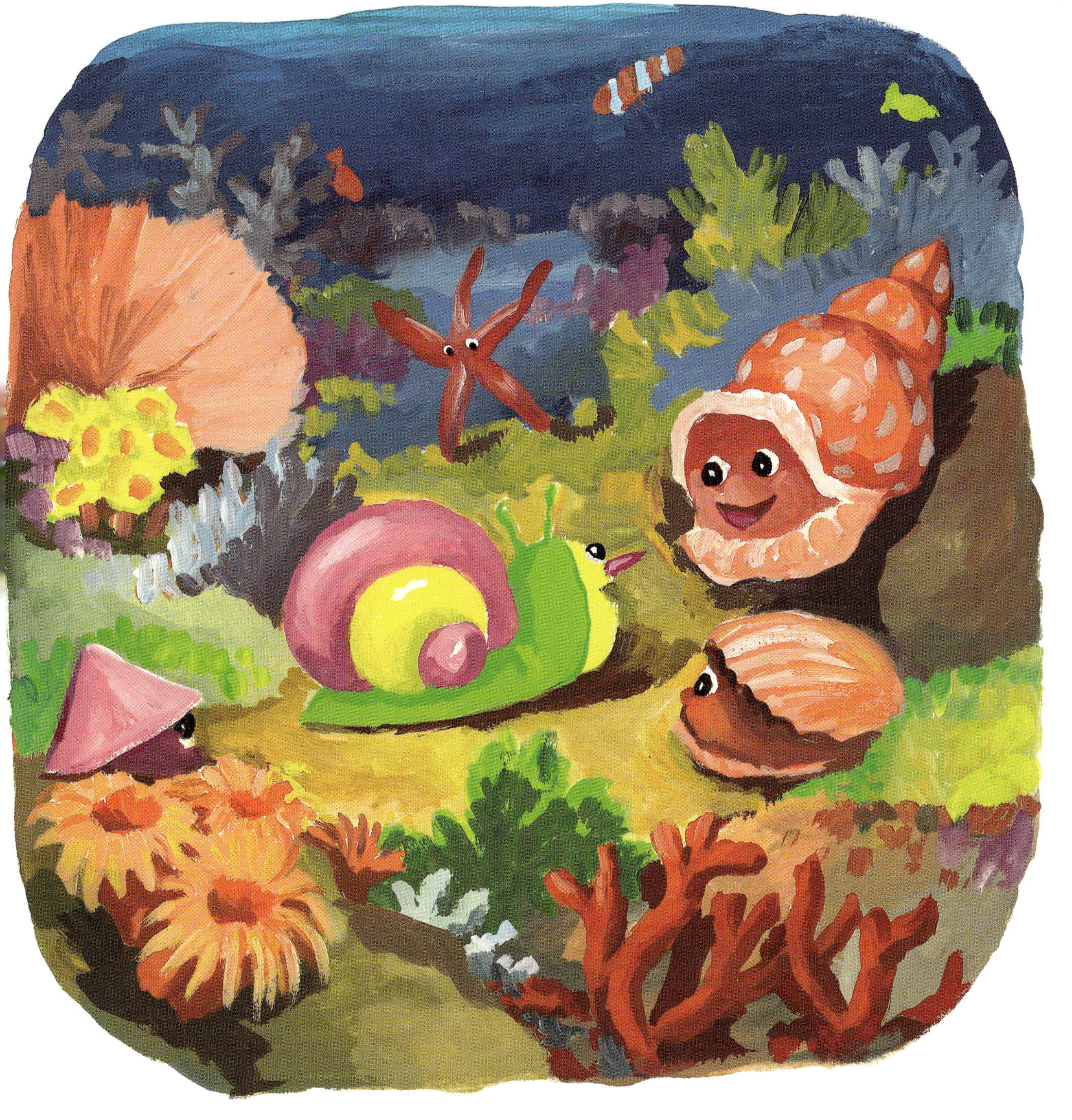

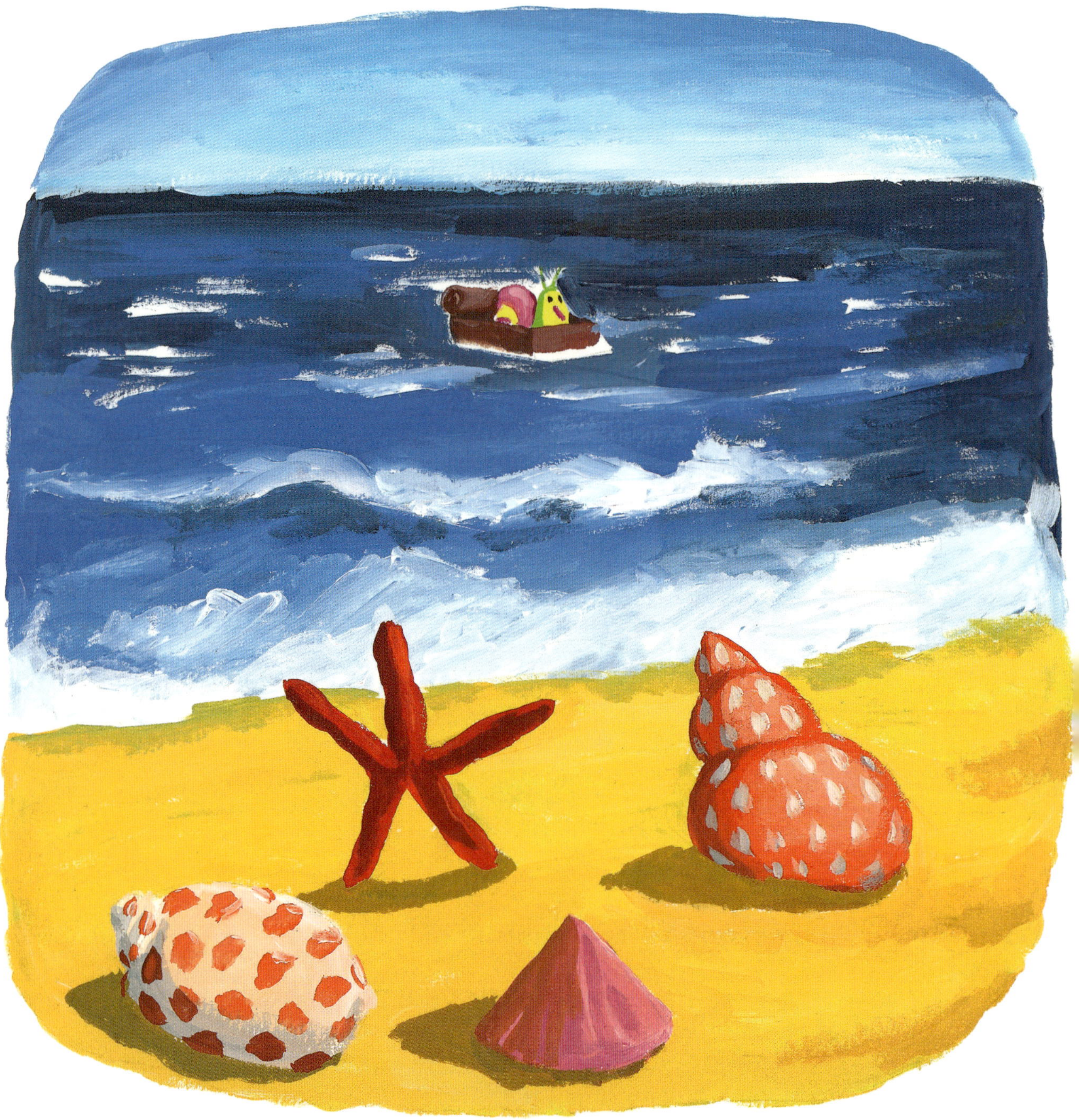

Un jour, pourtant, Margot voulut
rentrer chez elle. Je crois bien que
ses parents lui manquaient. Alors elle
remercia encore les coquillages et,
du bateau-boîte de sardines, leur fit
un petit salut.

À nouveau elle vogua pendant
des mois, et au bout d'un an et un jour,
elle arriva dans le vieux jardin et
retrouva ses parents qui l'attendaient.
Maintenant, elle pouvait rester pour
toujours auprès d'eux : elle savait
ce qui se cachait derrière le jardin
et bien au-delà.

	Marie la fourmi		Louis le papillon de nuit		Frédéric le moustique	
Antonin le poussin		Juliette la rainette		Odilon le grillon		Pascale la cigale
	Valérie la chauve-souris		Benjamin le lutin		Patouch la mouche	
Adèle la sauterelle		Siméon le papillon		Henri le canari		Léon le bourdon
	Noémie princesse fourmi		Gaston le caneton		Victor le castor	
Pierrot le moineau		Édouard le loir		Pat le mille-pattes		Belle la coccinelle
	Bob le bonhomme de neige		Blaise et thérèse les punaises		Maud la taupe